여우 꼬리 4: 붉은 여우의 속삭임

威風凜凜的狐狸尾巴

4 紅狐的低語

孫元平 著　萬物商先生 繪
林謹瓊 譯

獻給內心焦灼不已的狐狸們

登場人物介紹
斗露美
丹美的多年好友，是個喜歡運動的熱血少女，但比起運動，她更重視友情。
黃智安
丹美的幼稚園同學，也是「海藍寶石」的成員，打算到鄉下的奶奶家住一陣子。
韓詩浩
擁有優異的科學及數學天分，個性冷靜果斷，與旻載志同道合的融洽模樣，讓丹美感到十分嫉妒。
高旻載
夢想是讓滅絕的動物復活，與詩浩同樣都是機器人製作小組的成員。丹美看見旻載和詩浩相談甚歡的樣子，心裡很不是滋味。
白允娜
準備以雙人偶像團體「海藍寶石」出道的練習生，受到新進練習生的挑戰，感到不知所措。
閔善柔
個性安靜體貼，低調不張揚。因展現出不爲人知的驚人繪畫實力，讓丹美嫉妒不已。

丹美爸爸
個性謹慎細心，擅長料理。表妹雅貞的出現，占據了爸爸的關愛，點燃丹美的妒火。
丹美媽媽
擁有九尾狐的血脈並遺傳給丹美，起初並不了解丹美的心情，在關鍵時刻會給丹美很棒的建議。
杜萊兒
謎團般的詭譎人物，出現時總會帶來風雨，經常在言談中透露她知道丹美的眞面目，讓丹美心慌意亂。
雅貞
丹美姑姑的女兒。丹美的爸爸媽媽受託照顧雅珍，讓一直以來獨占寵愛的丹美心生嫉妒與不滿。
孫丹美
繼承了九尾狐血脈的平凡少女，因爲第四條尾巴的力量太過強大，所以自己也不知不覺的被那股力量所掌控。

目錄

序言

五年三班

有些事情明明知道做了會後悔，卻還是會去做，像是知道肯定會挨罵，還是拖拖拉拉的不寫作業；一邊不停吃著老鼠軟糖，一邊擔心會蛀牙；不經思考就對朋友說出一些傷人的話等。

不過，如果是為了應對眼前的緊急事件，不得已而為之呢？儘管有所顧慮，但已經是當下最好的解決方法呢？雖然做出決定又後悔，但事態已經到了無可挽回的地步，又該怎麼辦呢？光是想像這些情形就令人苦惱萬分。

不幸的是，這正是我升上五年級之後的處境。而且，也與那條令我困擾的尾巴有著密不可分的關係。

我曾經想過，當我升上五年級，許多事情應該會有所不同。比方說，不管冒出什麼樣的尾巴，我都能夠冷靜應對，從容迎接它的出現。

畢竟我都五年級了，而且已經擁有三條尾巴，我相信自己一定能輕鬆應付各種突發狀況。不過，這一切都只是我的錯覺，成為五年級生後遇見的「第四條尾巴」，力量居然強大到我難以招架！

不僅如此，還突然出現了一個古怪的女孩。儘管我從來都沒有想要跟她當朋友，她卻總是跟我裝熟，一直在我身邊打轉，超級詭異。

總之，升上五年級後的生活，的確出現很多變化，我所面臨的一切都變得更複雜也更困難了！

身為未來小學五年三班的學生，我的嶄新生活，就這樣展開了。

第1章 不祥的新學期

新學年的第一天總是令人感到尷尬，雖然已經是第五次迎接開學，卻還是會有相同的感覺。走進滿是陌生臉孔的教室，身體因為緊張而有些畏縮，就像披著一件光鮮亮麗的外衣，裡面穿的衣服卻粗製濫造，臉

上還要裝作若無其事。當我還在心慌意亂的時候，有些人已經交到了朋友，他們開心喧鬧的模樣，更加讓我的內心充滿孤獨感。

如果好朋友露美跟我同班的話，就不會有這種感受了，遺憾的是，一直和我形影不離的露美被分到其他班級。

現在的我不只要面對陌生的同學，教室裡正在與大家打招呼的班導，也不再是酷酷嫂老師了。

「大家好！我是五年三班的導師高智星老師。開學第一天，有件事想跟大家宣導，那就是要有禮貌！我們五年三班最重要的事情，就是無論何時，都要帶著愉悅的心情跟同學打招呼！我們就從新學期的第一天開始練習吧！請同學們看著對方，開心的打聲招呼！你好呀同學！」

眼前這位體型消瘦的中年男老師，每句話的尾音都會拉長，語調十分獨特，因為非常重視打招呼的禮節，所以大家又叫他「哈囉老師」。

於是大家一臉彆扭的面對面打招呼，儘管同學之間充滿了不自在的氣氛，哈囉老師還是露出欣慰的微笑，滿意得頻頻點頭。啊……新學期才起跑沒多久，我已經開始想念酷酷嫂老師的咳嗽聲了！

不過，班上也不完全是陌生的臉孔。當我知道跟旻載還是同班時，真的超級開心！可是，人生總是憂喜參半，沒有與好友露美同班已經令我鬱鬱寡歡，偏偏又跟那個合不來的白允娜成為同班同學。雖然和詩浩分到同班心裡很踏實，但以後再也不會看到那個老是叫我「毛團」的搗蛋鬼黃智安，又有些惆悵……我的心情五味雜陳。

除了我以外，其他人似乎都對新環境適應良好。在學校餐廳排隊的時候，那種孤零零的感受再次席捲而來。詩浩和旻載熱烈談論著我無法理解的人工智慧技術，允娜戴著耳機，旁若無人的練習著舞蹈的手部動作，身邊沒有朋友的她，依然擺出一副盛氣凌人的姿態。

我拿著托盤，找了個位子坐下，感覺自己就像一座漂浮的孤島，無法融入周遭環境，從前在班上總是與大家格格不入的權杰，會不會就是這種感覺呢？

我一邊想著已經轉學的權杰，一邊意興闌珊的用湯匙舀起一口飯放進嘴裡。就在這個時候，我突然有種不尋常的感覺，抬起頭來才發現，不遠處有個女孩正直視著我。

她留著一頭短髮，全身散發出難以親近的氣息。現在想起來，早上在教室時，她也是這樣目不轉睛的盯著我。被如此炙熱的目光關注，我一時之間也沒想到要閃躲，直接與她四目相接。只見那個女孩的嘴角勾起一抹詭異的微笑，像是在告訴我，繼續和她對視的話，她就要把我凍結成冰塊了，於是我連忙移開視線。

放學路上忽然下起了雨，不是春天常見的細雨，而是秋天那種綿密陰鬱的雨。更糟的是還颳起大風，當我好不容易抵達與露美約定碰面的友情樹時，鞋子都溼透了。

就在那時，一幅奇特的景象讓我驚訝不已，餐廳裡的那個女孩沒有拿傘獨自站在雨中，低頭看著地上的水窪。然而，一滴雨都沒有落在她的頭上！是不是我看錯了呢？我用力揉揉眼睛再看一次，沒錯，真的是這樣。她宛如撐著一把隱形的雨傘，身邊甚至連風也沒有，但是周圍明明正在颳風下雨呀……突然，那個女孩轉過頭看著我。

「妳是孫丹美吧？」

儘管我們離得有點遠，但她的聲音穿過雨聲，清晰的傳到我的耳邊，不等我回答，她自顧自的繼續說，彷彿這是個不需要回答的問題。

「我是萊兒，從濟州島轉學來的。」

「這樣呀。」我小聲回應。

「因為我在新學年的第一天轉學過來，所以沒有人知道我是轉學生，不過，我身邊也沒有朋友。即使這樣也不奇怪，訣竅就是不著痕跡的默默融入人群。」

我根本沒問她這些事，萊兒就如連珠炮般的說了起來。我想起以前跟爸爸媽媽去濟州島旅行的時候，濟州島始終在颳風下雨，「風雨之島」真是名不虛傳呀。像是為了讓我回想起那段時光，一陣強勁的風忽然吹來，把我的頭髮吹得亂七八糟。此時，萊兒那頭短髮卻紋絲不動，風雨交加中的她依然顯得從容不迫。我驚訝的表情似乎讓萊兒感到很有趣，她摸著下巴露出了微笑，接著，她開口說：

「說到沒有朋友，這一點我和妳倒是很相似嘛！」

「什麼啊？我朋友很多，也有最要好的朋友，只是因為分班的緣故才沒有在一起。」

我被她的話激怒，不自覺的提高了音量。

「是這樣嗎？怎麼跟我看到的不一樣呢？在餐廳裡，妳明明就獨來獨往，身邊沒有其他人啊！」

「因為今天是開學第一天的關係……」

聽見我的辯解，萊兒噗哧一笑。

「在我看來，妳需要一個新朋友，我剛剛在想呀，也許我就是那個適合的人選。其實，我以前就聽過很多關於妳的事，所以見到妳的時候一點也不覺得陌生。」

「妳聽過我？從哪裡聽來的呀？」

我十分疑惑，萊兒才剛轉進這所學校，卻說她聽過我的事，這到底是怎麼一回事啊？

萊兒微笑著說：「在我們那個世界，每個認識妳的人都對妳的事情瞭若指掌。」

「我們那個世界？聽起來真是令人毛骨悚然。」我暗自心想。

「我一看到妳就有預感，我們一定會成為很好的朋友。」

「朋友？」

「沒錯，朋友。」

「是嗎？可是我的朋友已經夠多了。」

雖然我說得斬釘截鐵，但是萊兒聽了絲毫不為所動。

「妳說妳有很多朋友，那為什麼妳總是獨處呢？是不是他們了解妳之後就不想跟妳繼續當朋友？還是妳缺乏讓人喜歡的魅力？」

「妳說什麼？」

我實在聽不下去了，正想要反駁，萊兒又說：「不管妳喜不喜歡，我們終究要當朋友，妳之後就會明白我的意思了。」

我還來不及回應，萊兒便邁開步伐離去。雨勢變得更猛烈了，萊兒彷彿消散在這場大雨裡似的，瞬間就從我的眼前消失。恰巧在這時，露美出現了。

「丹美！我是不是來晚了？我想快點跟妳見面，一路用跑的過來，但雨實在是太大了。」

「嗯，沒關係！」

聽見露美那令人放鬆的嗓音，我頓時感到好安心。

「沒辦法跟妳同班真的好可惜喔，學校都變得不一樣了！不過呀，我們班上有很多喜歡運動的同學，我們還說好要一起成立一個運動社團！當然，沒有跟妳同班還是很遺憾啦！」

露美嘴上這麼說，表情卻充滿了對新朋友的期待，一點也沒有遺憾的感覺。所以，直到和露美說再見之前，我都是不發一語的聽她分享心情。唯獨今天，我真的想快點回家，抱著媽媽傾訴今天發生的一切。

沒想到，家裡有一位不速之客在等著我。當我走到家門前，屋內傳來的聲音讓我停下了腳步，那是小寶寶的聲音，如同銀鈴般的笑聲隔著門也能聽見。我懷疑自己走錯了，但這的確是我們家沒錯。

我猛然拉開門，一走進家就聞到餅乾的香味。媽媽笑容滿面的抱著一個大約兩歲的小妹妹，小妹妹看見我出現，睜大了圓圓的雙眼。

「她是誰呀？」

在廚房忙碌的爸爸聽見我這麼問，探出了頭。

「她是姑姑的女兒，叫做雅貞，雖然是妳的表妹，但妳是第一次見到她吧？姑姑和姑丈要出國幾天，所以拜託我跟媽媽幫忙照顧雅貞，爸爸正在做純天然的寶寶餅乾喔！」

原來……瀰漫在家中的這股香味，並不是因為我才有的，這讓我有一種被忽視的感覺。

「你的意思是她要住在我們家？」

我剛說完這句話，小寶寶便放聲大哭起來，音量大到整個家似乎都為之震動。

「是不是很可愛呀？小雅貞，跟丹美姐姐打個招呼吧！」

這是媽媽對我說的第一句話，媽媽沒有關心我新學期的第一天過得怎麼樣，甚至沒有一聲問候，只在乎那個哇哇大哭的小寶寶。

「哪裡可愛，根本就是個愛哭包。」

我說出如此刻薄的話，但是就連這句話都被雅貞的宏亮哭聲蓋了過去。爸爸拿了一塊餅乾放在雅貞的嘴邊，她馬上停止哭泣，小口小口的將餅乾吃進嘴裡。

「丹美也嚐嚐吧！餅乾烤得很好吃喔！」

我沒有回應爸爸，賭氣的踩著重重的步伐走進房間。回想起一整天發生的事情，我的頭陣陣抽痛，背部也開始發麻。可以預見，再過不久，我的第四條尾巴就要出現了。而且，這次的感受不同以往，我的後背深處有種灼熱感，彷彿背上有個火苗，就快要冒出蒸騰的熱氣。

我突然有種預感，這次要冒出來的尾巴會跟前幾次很不一樣，但是，我搖了搖頭，升上五年級的第一天就發生這麼多不愉快的事情，應該不會倒楣到連新尾巴也來折磨我吧？

為了消除心中浮現的不祥

念頭，我勉強擠出一個微笑。但是，不祥的預感總是會成真，接下來發生的一切都印證了這一點。

第2章

閱覽室參觀日

隔天剛好是每週一次的閱覽室參觀日。學校的閱覽室原本是一個狹小陰暗的空間，經過寒假期間的擴建，變得煥然一新，增加了許多設施，有一張色彩繽紛的舒適沙發，還有一個遊戲空間可以玩積木和下棋，甚

至擺了一張專門用來畫畫的桌子！就連我這樣不愛看書的人都很喜歡新的閱覽室，同學們也紛紛投以讚嘆的眼光，這時哈囉老師說：

「今天不是來看書的，請與你的朋友們決定好團體活動的主題，再跟大家分享感想。」

哈囉老師看見我們露出為難的表情，用輕快的語氣繼續說：

「方法很簡單，請環顧整間閱覽室，找出你想讀的那類書，只要走到那個區域，你就會遇見志同道合的朋友，對吧？接著，和這些朋友一起策劃一個專案，兩個人以上就能組成團體，所以不用擔心人太少的問題。當然，別忘記最重要的事，要好好打招呼！那麼，大家出發吧！」

老師說完之後，大家便起身解散，開始尋寶似的探索閱覽室。我也不情願的邁開腳步，說實話，我只想跟原本的朋友同組，一點也不想交新朋友。在這當下，映入我眼簾的人恰巧就是旻載！他站在科普書區，手上已經拿了幾本書正在翻閱。看見旻載的那瞬間，我的心撲通撲通跳個不停。

旻載看起來比去年高了一些，也顯得更瘦了。我都還沒告訴他，很高興能跟他同班，現在正是找他說話的好機會！就在我想開口呼喚他的時候，旻載滿臉興奮的朝另一個方向打招呼。

「我在這裡等妳呢！我就知道妳會來這一區。」

旻載說話的對象是詩浩。

「嗯，你好。」

詩浩冷靜的回應，旻載用期待不已的語氣說：

「詩浩，我們一起做機器人吧！」

「機器人？」

「對呀，去年萬聖節妳打造了一套會發出聲音的老虎服裝，讓我印象超深刻的。如果我們集思廣益，應該可以做出獨一無二的機器人吧？雖然我個人是更想做出一隻機器渡渡鳥啦！」

「好呀！我本來就對機器人很感興趣。」

詩浩爽快的接受旻載的提議。

「哇，真的嗎？我們一起努力吧！我已經開始期待了！」

「太好了，我們也向這區的同學提出這個想法吧！」

詩浩與旻載的討論進行得很順利，碰面不到一分鐘就迅速訂下主題，組成了機器人製作小組，根本沒有我參與的份。

「他們兩個原本就這麼聊得來嗎？也是啦，畢竟他們都超級熱愛科學。」我試著這樣說服自己，但是看見他們有說有笑，我的心臟彷彿被緊緊壓迫著，胸口陣陣抽痛，額頭也開始發燙。

周圍鬧哄哄的，大家紛紛找到了意氣相投的夥伴，陸續組成各種主題的小組，像是歷史人物的研究小組、認識貓狗品種特性的寵物小組、史萊姆製作小組、糕點烘焙小組、甚至還有流行音樂小組……看來我也得快點找到屬於自己的小組才行。畫畫是我唯一的興趣和專長，去繪本書區應該是個不錯的選擇。

放眼望去，已經有幾個同學聚集在繪本書區看書了，或許是喜歡繪本的人個性比較文靜，這區顯得安靜多了。我突然冒出一個想法，這群人裡最擅長畫畫的應該是我吧？這樣想著，心情似乎變好了一點。

「是丹美嗎？我剛剛還在想，如果可以和妳同一組就太好了呢！」

我聽見一個微弱害羞的聲音。說話的人是善柔，雖然去年就和她是同班同學，但並不怎麼熟，我根本沒注意到今年也跟她分在同一班。

「啊，是善柔呀，妳好呀！」

「我們剛剛決定了小組的活動，也把結果告訴妳吧，聚在這裡的人都喜歡畫畫，所以要一起參加繪畫比賽。」

「繪畫比賽？」

善柔指著牆上的海報說：

「對啊，全校最優秀的作品選出後，會代表學校與全市的優秀作品一較高下喔！」

我將目光投向那張海報，正如善柔所說的，這是由市政府主辦的繪畫比賽，比賽採取淘汰制，每個班級先篩選出一份作品，也就是說，只有全班最厲害的畫畫高手的作品才能被選上。名額只有一個？那麼，豈不是非我莫屬嗎？這是理所當然的呀！

不過，我還是假裝不在意，故作鎮定的說：

「這樣呀，我是無所謂，既然如此，那就只好試試看啦！」

「丹美也一起加入，讓我放心多了。」

善柔聽了我的回應，露出燦爛的笑容。這時，有人看見善柔手上的小筆記本，好奇的問：

「這是什麼呀？」

「這個？閒暇時我會在筆記本上隨手畫點東西，你想看看嗎？」

善柔小心翼翼的翻開筆記本，一頁一頁展示給大家看，雖然只是風景、人物及物品的簡單鉛筆素描，但是實力不凡，讓人難以相信它們出自一個剛升上五年級的學生之手。

大家一邊看一邊讚嘆，我暗自震驚，安靜得幾乎沒有存在感的善柔，竟然有這麼深藏不露的才能，並且瞬間吸引了眾人的目光。

「哇！善柔妳好厲害！」

「畫得真好！」

「看來繪畫比賽的第一名就是善柔啦！」

「沒有啦，這算不上厲害……」

受到大家的稱讚，善柔害羞得滿臉通紅。

奇怪，被稱讚的又不是我，為什麼我的臉也漸漸熱了起來？

「丹美，妳有哪裡不舒服嗎？妳的臉突然變得好紅。」

善柔迎著我的目光這麼問。

「我、我好像有點感冒了……那麼大家一起努力吧！」

說完這句話，我趕緊轉過身去。霎時，腦袋裡思緒和煩惱交錯，我怎麼不知道善柔這麼會畫畫？要是我的作品沒有被選上該怎麼辦？

我的心裡充滿這些想法，雙頰越來越燙，感覺隨時會燒起來。

我緩緩走出閱覽室，坐在走廊的

長椅上，深呼吸之後，臉上的灼熱感退了一些，我不自覺的長嘆出一口氣：「呼！」

不約而同的，坐在對面長椅上的人也嘆了一口氣，於是我們同時看向彼此。令人意外的是，那個和我一樣一臉萎靡、看起來很不開心的人，是白允娜。

「是孫丹美呀？妳好啊……」

允娜無精打采的向我打招呼，我也有氣無力的回應她。

「喔，白允娜，哈囉……」

我還是第一次看到允娜這麼垂頭喪氣的模樣，她似乎也有相同的想法，歪著頭問：

「孫丹美，我們兩個現在的表情是不是有點像？」

「大概吧，我的事就不說了，妳發生了什麼事嗎？」

允娜似乎就在等我問她這句話，她從椅子上一躍而起，跑到我旁邊坐下，拿出手機給我看。

「妳看看這個，妳也覺得這個人真的很厲害嗎？」

允娜播放的影片裡，一個女孩正在跳舞，雖然只是平常的練習紀錄，但她的實力一目了然，外型也十分優異，以我這個外行人來看，這個女孩相當具有明星潛質。

「嗯，如果妳一定要問我的意見……」

允娜緊張的吞了吞口水。

「我只能說，我不喜歡她的表演風格。」

允娜將手放在胸口上，深深呼出一口氣，像是要確認我的答案，她又追問了一句。

「真的嗎？」

「嗯，但舞跳得不錯啦！」

我一說完這句話，允娜就露出一臉糾結的表情，整個人又變得垂頭喪氣。我認真解釋：「我的意思是，她的確跳得很好，但感覺像個機器人。可能因為完美得無可挑剔，反而讓人有距離感吧？即使是偶像，也要讓人有親近感，但我在那個女孩身上看不到這一點。在我眼中，白允娜比她更棒！」

允娜的表情瞬間明亮了起來，看來……這個女孩就是讓她心煩意亂的根源，允娜忿忿不平的吐露起她的心事。

「我一直以來都很努力，妳也知道，我從小到大只想唱歌和跳舞，一心夢想著有一天可以站上舞臺。可是，不久前，公司來了一個新練習生，就像妳剛剛在影片看到的那樣，她的表演實力確實很強，會在公司裡成為大家的焦點，也是理所當然的事。

我還聽說她有可能馬上發表個人出道，這樣一來『海藍寶石』就要延後出道了嗎？甚至，我真的能出道嗎？一想到這些我就好焦躁，根本睡不著覺，也沒辦法集中精神練習，內心充滿危機感！而且，黃智安回鄉下奶奶家了，我也沒辦法跟他討論這件事……我真的很討厭這個女生！但她明明沒有對我做任何壞事。我一邊暗自討厭她，一邊偷看她的練舞影片，我覺得這樣的自己實在太可悲了！我也不知道為什麼要跟妳說這些話，感覺大家對我的關注與喜愛都消失了，這讓我好生氣，不對，是讓我恐懼不安……」

我看見允娜的眼淚在眼眶裡打轉，感覺隨時都要潰堤。

下課鐘聲響起，同學們陸續走出閱覽室，允娜一臉沉重的從長椅上站起身來。我能理解允娜的心情，但卻沒有人能體會我的感受。如果是從前，我可以向媽媽訴苦，可是現在媽媽忙著照顧雅貞，根本沒有時間聽我說話。

我一想起媽媽抱著雅貞微笑的模樣，背部就湧起一股灼熱感。我努力讓自己冷靜下來，就在這個時候，相談甚歡的旻載與詩浩從我面前經過，我的背部深處也捲起了一陣更加炙熱的漩渦。

我強迫自己忽略這股不尋常的能量，但詩浩與旻載剛從我眼前消失，手裡抱著素描本的善柔又匆匆經過。這時，我再也壓抑不住了，身體裡有一簇火焰熊熊燃燒著，滾燙得像沸騰的熱水。

這股無法抵擋的巨大能量意味著什麼？答案顯而易見！

為了避免被別人看見，我趕緊從椅子上跳起來，飛快的逃離走廊，就在我躲進樓梯轉角的瞬間，「轟」的一聲，一條鮮紅色的尾巴如同被點燃的煙火猛烈迸出！我一把抓住尾巴，但是那條尾巴力量驚人，不停的劇烈扭動著，似乎想擺脫我的掌控，我發現，尾巴想把我拉回同學們聚集的地方。

拜託！

那裡不是妳該出現的地方！

我在心裡吶喊著，使出全身力氣用雙手拉住尾巴，「砰」的一聲，我重重的摔倒在地上，尾巴從我身上脫落，但不是被我牢牢抓在手中，而是不知去向。突然，一道紅光從我眼前掠過，消失在走廊的另一頭，那裡是間昏暗的倉庫，我急忙跟著紅光跑了進去。

第3章

第四條尾巴

走進倉庫才發現，這裡比想像中寬敞。也許是因為這裡曾被當作閱覽室，一排排整齊擺放的鐵製書架大部分都空蕩蕩的，只有零星幾處留著布滿灰塵的書本。

我小心翼翼的穿梭在書架之間，像行走在迷宮裡。這時，我看見了那道閃爍的紅光，越是靠近，紅光也越鮮豔醒目，我像是直視著救護車頂的警示燈，那光芒亮得刺眼。

我走入兩個書架間的通道，看見一個女孩坐在地上，背對著我弓起身子。她像被火焰籠罩著，又像被困在紅色光芒之中。她身上的那團火焰並沒有蔓延出去，火勢也並未擴大，但就算在遠處，也能感受到她散發的熱氣。

那女孩留著及腰的紅色捲髮，察覺到我走近，她轉過頭來，目光凌厲，眼尾上揚，看起來不好惹，也許是因為這樣，我感覺她是目前為止最強悍的尾巴。

「妳可以先把火焰收起來嗎？」

我說完後，籠罩著女孩的火焰逐漸消失了。儘管如此，她那頭紅髮還在黑暗中閃耀著光芒。

「妳不就是靠著這紅光才找到我的嗎？」紅髮女孩鎮定說道。

「妳說的也沒錯啦！」

紅髮女孩見我坦然回應，意味深長的自言自語：

「所有人都應該在意我才對，就像妳發現我的存在一樣。」

「這話是什麼意思呀？」

「我只是說出妳腦中的想法而已。」

「我有這樣想嗎？」

她沒有回答我的問題，反倒丟出一個問題給我。

「我已經是第四條尾巴了，到現在妳也應該清楚了吧？表面上看起來，尾巴們總是不顧時間地點就貿然出現。事實上，是因為妳內心逐漸強烈的感受，把尾巴們逼著出現的。所以不要再責怪尾巴，這一切都是妳自己造成的！」

我很想辯駁，但卻頓時語塞。若真是如此，那眼前這條尾巴又代表哪種感受呢？

「妳是什麼尾巴呢？」

「妳猜猜看啊！」

紅髮女孩搖頭晃腦的說，似乎感到很有趣。我回顧著先前發生的事，在我背部引發紅色漩渦的人，依時間排列分別是：雅貞、旻載、詩浩以及善柔，但我絞盡腦汁也想不到這些人有什麼共通點。

「我不知道……」

「妳不知道？妳從我的外表猜不出來嗎？」

紅髮女孩不可置信的問，我只能搖搖頭。她瞇起眼睛，輕聲的說：

「嫉妒！我是嫉妒的尾巴！」

竟然是「嫉妒」，我完全沒想過這個詞。

「嫉妒？妳的意思是我心中充滿了嫉妒嗎？」

「沒錯！」女孩露出嘲諷的笑容。

「照妳這麼說，我之前所感受到的情緒就是嫉妒？我嫉妒雅貞、旻載和詩浩，還有善柔？」

「當然，妳該不會覺得……妳從來沒這麼想過吧？」

這個回答讓我心慌意亂，雖然很想否認，但我越想越覺得，嫉妒是唯一能定義我內心感受的字眼。紅髮女孩看到我的反應，從容的摸了摸下巴，接著說：

「懂了，我能體會妳的心情，無論妳的個性有多麼坦率，也很難向別人大方承認自己內心充滿了嫉妒，一定想假裝沒這回事吧。不過，看見我伴隨著熊熊火焰出現，不想承認也不行了。」

「好吧，我承認自己嫉妒，但老實說，這不是個好的形容詞。」我勉強的回答。

「老實說？妳何不更誠實一點？妳明明就希望那些人全部消失。那個在妳家的小孩、擅長畫畫的女同學、還有原本跟妳很要好的戴眼鏡的女生！」

紅髮女孩如連珠炮般的飛快說著，一邊說一邊將頭髮繞在手指上。

「不是的，才不是那樣！」

我對著她大喊。紅髮女孩被我的氣勢嚇得退後了一步，接著，她「嘖」了一聲。

「嘿！冷靜點，那我換種說法，妳很討厭那個突然冒出來的小孩吧？因為妳原本可以獨占媽媽的關愛。」

「也不至於討厭啦，應該說是埋怨她，明明我是媽媽的女兒，媽媽卻把我擺在一邊，全心全意照顧那個初次見面的小孩。」

「還有，妳看到那個男生跟其他女生變得要好，沒有很擔心嗎？」

「妳說旻載和詩浩？他們是好朋友，有共同興趣，也很聊得來。雖然這點確實會讓我有點沮喪。」

「我理解這種感受。最後一個問題，那個擅長畫畫的女孩呢？她叫什麼名字來著？」

我輕輕嘆了一口氣。

「善柔很好，可是，我原本以為自己畫畫勝人一籌，不對，是勝人好幾籌。畫畫是我唯一的天賦，但她讓我這個天賦變得平平無奇，老實說，我當下真的……很焦躁不安。因為她，我覺得自己微不足道，沒有任何可取之處。」

將難以啟齒的祕密坦白的說出來，讓我感到更羞愧。

「我只是想被愛而已……」

我像是在為自己找藉口似的，輕聲說道。

紅髮女孩竟然開心的跳了起來，打了個清脆的響指。

「對了，就是這個！從現在開始，妳要認真聽我說，世界上最重要的人是誰？」

「……」

「還會是誰？當然是妳自己呀！那麼，誰最應該被愛呢？不用懷疑，還是妳！妳從小到大應該聽過無數次了吧？世界上最珍貴的存在就是妳自己！爸爸媽媽和妳都深知這一點，所以，看見別人得到注目與關心，感到受傷也合情合理呀！」

我輕輕點了點頭。

「聽妳這麼一說，我的心情好多了。」

紅髮女孩露出了得意的表情。

「我說的沒錯吧？妳之前根本就不了解我是多厲害的尾巴，到現在才認同我！」

「看來所有的尾巴都有一個共通點，就是會強調自己有多厲害。」

我想起了勇氣尾巴，紅髮女孩卻不屑的用鼻子「哼」了一聲，把臉湊到我面前。

「哎呀，忘了說我與其他尾巴的差異點，那就是無論妳再怎麼阻止，我都能隨心所欲的出現，這也是我說自己很強的原因。」

即便她不說，我也能感受到，眼前這個女孩擁有烈火般不可抗拒的力量。

我用力的吞了吞口水。紅髮女孩低聲說：

「請牢記，我做的一切都是為了妳，我在幫助妳成為最後贏家。」

「贏家？」

紅髮女孩放低了聲音，彷彿在告訴我一個祕密。

「沒錯！我來幫助妳成為這世界的主角，才剛說過妳就忘了嗎？妳是一個極其珍貴的存在呀！」

我陷入了沉思。爸爸媽媽、還有第一條藍色尾巴都曾對我說過，重要的是接納自己並真心愛自己，因為我是一個如此珍貴的存在。

「是啊，我很珍貴。」

我喃喃自語道。

「所以最應該被愛的人就是妳，對吧？」

紅髮女孩這麼問。我看見她眼中閃動著光芒，接著她以低沉卻清晰的聲音說：

「如果妳還不確定，請重複我接下來說的話，這樣會更容易一些。現在，跟著我說——這世界是繞著我轉的。」

我像陷入了催眠，直視著紅髮女孩的雙眼，喃喃自語。

「這世界是繞著我轉的……」

紅髮女孩揚起笑臉。

「我比任何人都珍貴。」

「我比任何人都珍貴……」

「最應該被愛的人就是我。」

「最應該被愛的人……就是我……」

紅髮女孩臉上露出了滿意的笑容，她原本燭火般躍動的目光，突然變成鮮紅色的火焰，連我的身體也感受到她眼神裡傳來的灼熱。

就在這時，我突然感覺有人從我背後靠近，紅髮女孩豎起耳朵，轉眼消失得無影無蹤，倉庫也瞬間恢復了黑暗。

第4章 丹美的決心

「咚咚咚咚……」

黑暗中傳來不尋常的腳步聲，步伐輕巧規律，會是誰呢？如果是露

美就好了，但是露美正在上體育課。會是常跟我開玩笑的黃智安嗎？但允娜說智安回奶奶家了。

「咚咚咚咚……」

腳步聲像手指輕輕敲打玻璃瓶的聲音般清亮，不知為何，我全身起雞皮疙瘩，我猜測發出聲音的人並不是我的朋友。越來越近的腳步聲停了下來，有個人無聲無息的出現在我眼前的黑暗中……是萊兒！

「妳來這裡做什麼？」

我情急之下脫口問道。萊兒質疑的挑起一邊眉毛，說：

「這應該是我要問妳的吧？我是看見妳進了倉庫才來的。」

「啊……我……想找一些書。」

我故作鎮定，但心臟怦怦跳個不停，甚至有些喘不過氣。

「書？妳在黑漆漆的倉庫裡找書？」

萊兒不以為然的哼了一聲，似乎在表示這說辭很荒唐。

「我覺得，這麼急著衝進來更像是為了隱藏什麼祕密，不是嗎？」

「哪、哪有什麼祕密，我根本不知道妳在胡說什麼。啊，找到了！新的閱覽室裡沒有這本書。」

我從書架上隨手抽出一本書，試圖轉移話題。萊兒瞥了一眼我手上的書，目不轉睛的盯著我說：

「妳不需要這麼慌張。我和妳一樣，也有一個祕密，所以我才說，我們注定要成為朋友，就如同妳選中那本書，都是命運的安排。」

萊兒輕笑了一聲，轉身邁步離開倉庫，腳步聲與剛剛一樣詭異，在某個瞬間戛然而止。四周重回一片寂靜，我低頭看向手上的書，心不在焉的翻看著。

書裡畫了一個外表像雨傘的東西，旁邊寫著「蓑衣鬼」，還有一行令人捉摸不透的手寫字映入我的眼簾。

蓑衣鬼，能駕馭風雨、操縱人心……

才剛看到這頁，上課鐘聲就響了。我飛快的離開倉庫，往教室奔去。

我根本記不得後來是怎麼撐到放學的，紅色尾巴的出現和令人困惑的萊兒把我的思緒攪得一團亂，我只想快點回家，將這一切都告訴

媽媽。像今天這樣經歷重大事件的日子，我真的很需要媽媽的協助。

可是，當我回到家，一打開門，這份希望再次破滅了。

「噓！」

媽媽豎起食指放在脣邊，慎重其事的用氣音向我示意。只見客廳地板上鋪著棉被，雅貞躺在上頭睡得正熟。

「好不容易才把她哄睡，妳趕快回房間吧！」

媽媽對我這麼說，絲毫不見對我的關心，好像無心知道我今天過得如何。我沮喪的垂下肩膀，走進房間，安靜的關上了房門。一想到那個占據客廳和媽媽所有關愛的雅貞，我就感到無比煩燥生氣。

紅色尾巴說的話此刻又在我耳邊響起，爸爸媽媽總說我無可取代，為我揭開九尾狐身分的藍色尾巴，也讓我了解愛自己有多麼重要。既然如此，我應該要擁有所有人的關愛才對啊！

我為自己忿忿不平，家裡最應該被愛的人是我，不是雅貞；和旻載更親近的人應該是我，不是詩浩；被稱讚畫畫厲害的人應該是我，不是善柔！

可是，為什麼現在會變成這樣呢？在我背部深處的漩渦再度形成，腦中的想法越多，背部的漩渦就會越大。無論導致現狀的原因是什麼，都必須馬上糾正才行，我必須讓一切恢復原樣，必須再次獲得失去的愛，為了達到這個目的，我該怎麼做？

與我攜手合作吧！

只要把一切交給我，

所有的事情都會如你所願。

我聽見身體裡紅色尾巴發出的清亮聲音，我閉上眼睛，全身放輕鬆，感覺到尾巴正從我的背部脫離，接著，一隻紅色狐狸出現在我眼前。

牠鮮紅亮眼的毛色讓人馬上聯想到「赤狐」，在牠身體周圍流動著的紅色能量，將牠映照得格外明亮。

牠身手靈巧的在兩側牆壁之間跳躍，還在空中翻了幾個筋斗，我的眼前全是牠那亮晃晃的紅光，眼睛都睜不開了。

當我忍不住閉上雙眼，又再次睜開時，紅色狐狸已經從容的坐在我面前。

「妳已經下定決心了嗎？」

狐狸問道，牠似乎早已讀懂了我的想法。

「嗯。」我輕聲回答。

「妳做了明智的決定，我保證妳絕對不會後悔。」

狐狸一副相當滿意的樣子，愉悅的搖了搖尾巴。

「為了妳，我會竭盡所能協助妳，直到妳找回那些原本屬於妳的東西。我再強調一次，我將幫助妳成為這個世界的主角！」狐狸一臉神祕的說。

紅色狐狸向我輕聲細語道出計畫，直到夜色深沉。

我一邊聽著，一邊默默的點頭應和，似乎把一切都交給紅色狐狸，就能找回我原本擁有的關心與愛，比我強大的紅色尾巴一定能為我解決眼前所有的問題，那個時候，我對此深信不疑！

第5章 無法反抗的低語

我第一次見識到紅色狐狸的威力是在體育課上，那天有跑步測驗。

通常即使我全力以赴也贏不了，那天，我的表現卻截然不同，我感到身體十分輕盈，腳下彷彿裝了彈簧，全身充滿力量。

我和同組的同學並肩站在起跑線前，老師一吹出響亮的哨聲，我就飛快的衝了出去，就像有人使勁推著我跑一樣，我很快的衝過終點線，輕鬆得到第一名，那時的我還以為勝利只是個巧合。

之後，各組的第一名晉級到決賽，我還是不敢相信自己能和班上這些擅長跑步的同學們站在同一條起跑線上。「嗶！」短促有力的哨聲響起，我甚至完全沒意識到自己在跑，眨眼間就已經抵達了終點，雙腿像是由馬達驅動似的。我回頭一看，其他人還在奮力奔跑，我茫然的環顧周圍，聽見此起彼落的驚嘆聲，同學們氣喘吁吁的陸續抵達終點，她們也以驚訝的眼神看著我。

「孫丹美，妳跑得真快！」

「丹美，妳原本就這麼厲害嗎？」

我從來沒得過這樣的評價，那些話像是在形容別人而不是我。我的心臟如擂鼓般狂跳，竟然能有這樣的表現，真是令人難以置信。這時，紅色狐狸從我的背部深處向我低語：

看到了吧？

只要交給我，就能如妳所願。

妳會成為主角！

看著同學們對我豎起大拇指，我意識到局面非同小可。

不過，至少有一件事情是確定的。

只要借助紅色狐狸的力量，我就能成為大家注目的焦點！我的內心湧現一股振奮感，像一個躲起來偷吃廉價超甜糖果的小孩。這時，一個聲音突然打斷了我的思緒。

「丹美，妳剛剛真的跑得好快，我以前都不知道妳有這樣的一面，超厲害的！」

揚起一臉燦爛笑容，誇讚我的人正是旻載。看著他的臉，我忍不住心跳加速，於是不經思考就說出這句話：

「看來你還不太了解我？其實我也很喜歡機器人喔！」

「真的嗎？」旻載一臉驚訝。

「嗯，當然啦！那我可以加入你和詩浩的機器人小組嗎？」

「啊，這個……」

旻載支支吾吾了片刻，接著說：

「只要對機器人有興趣都可以加入，不過，我打算將這個專案的成果做成測試版，參加校外的機器人競賽。妳必須從頭到尾都積極參與這個專案，並做出成果，妳可以做到嗎？」

「當然可以！」

我胸有成竹的大聲回答，旻載卻以懷疑的眼神看著我。

「妳真的是孫丹美嗎？怎麼跟我認識的丹美有點不一樣……」

「法律有規定人不能改變嗎？而且，是因為你之前不夠關心我才會不知道我是這樣的人啦！」

旻載搔了搔頭。

「我沒有不關心呀……好，那就一起加油吧！我和組員們約好了午餐時間一邊吃飯一邊討論，到時一起去吧！」

聽見旻載這麼親切的對我說，我超級感動的。勇敢說出口果然是對的，現在，要和旻載變得親近，就只剩時間的問題了！

到了午餐時間，我與旻載、詩浩以及機器人小組的其他成員坐在餐廳裡討論專案，最後，大家決定製作一隻能夠遠距操控，而且還會說話的「機器渡渡鳥」，討論過程相當熱烈，其中穿插著人工智慧、科學理論以及程式設計的各種術語。

說真的，我完全聽不懂，更誠實說的話，我甚至沒有信心堅持到最後。不過，每當我煩惱要不要開口放棄，背部的灼熱感便會傳來，彷彿是紅色狐狸為即將熄滅的篝火添加木柴，同時向我低語：

妳在想什麼？

退出的話，

和旻載變成好朋友的人就不會是妳，

而是詩浩！

這樣也沒關係嗎？

我努力隱藏內心的不安，對旻載及詩浩討論的內容假裝認真的點頭稱是。午餐明明是我最喜歡的泡菜炒飯，但卻好像在吃沙子一樣，根本沒心情好好品嚐，午餐結束的鐘聲反而像音樂一樣悅耳，宣告著我的自由已到來。

第五節課是我最期待的美術課，我的心情放鬆了不少，還沒開始上課，我就先翻開素描本動筆畫了起來。然而，好不容易平靜下來的心情馬上又被破壞了。

「妳在畫什麼呢？丹美總是能畫出很棒的畫，讓人好奇妳的想法。」

善柔不知何時走了過來，一邊看向我的素描本，一邊問道。我快速闔上素描本，直瞪著善柔說：

「為什麼要這樣隨便偷看別人的畫？」

「啊，抱歉……我沒有惡意。」

儘管善柔向我道歉，我依然不留情面。

「妳現在是在假裝好意嗎？」

「丹美妳怎麼了……我只是剛好路過，很好奇才問的。」

善柔慌張的解釋。但是，今天我覺得她那副無辜的表情特別討厭。

「好奇？為什麼很好奇？因為我的畫有可能代表我們班參賽嗎？說什麼我總是能畫出很棒的畫……這種違心的話還是別說了。」

我不假思索的說出這番話，善柔難過得快哭了，她輕聲說：

「我還以為能和丹美同組活動會很開心……」

善柔留下這句話後，失落的回到自己的座位，就連她這樣的舉動我都看不順眼，好像她是好人，我卻成了壞人一樣。我若無其事的翻開素描本想繼續畫，但直到美術課結束，素描本上仍是一片空白。

其實，我知道善柔沒有惡意，她向來溫柔善良，但我仍對她惡言相向，甚至咄咄逼人，我心中這份感受到底是什麼呢？我不知道，但直覺告訴我，繼續這樣下去很危險。這個念頭才剛閃過我的腦海，紅色狐狸的聲音就從我背後傳來，閃爍著警示燈的光芒。

妳老是這樣猶豫不決的，只會讓自己陷入混亂！

妳才應該是眾所矚目的人！

意志不夠堅定的話，
機會就會被別人搶走！

紅色尾巴的悄悄話，令我難以反抗。因為昨晚她告訴我，會為了我竭盡全力，絕不讓我後悔，聽起來實在太讓人心動了。在那之後的整個下午，我一心期待著快點放學，才能趕快向露美傾訴心中的感受。

下課鐘聲一響，我就往友情樹飛奔而去。不過，露美聽了我的敘述，只是疑惑的歪著頭說：

「所以，妳加入了機器人小組，跑步還得了第一？我認識妳四年多，第一次聽說妳對科學有興趣。話說回來，跑步得第一名又是怎麼回事呀？很厲害的樣子。」

露美笑著對我說。我還沒來得及回答，背後又傳來了紅色尾巴的輕聲提醒。

別透露太多！

露美只是擔心，

妳在體育方面表現得比她更好！

「丹美，妳怎麼了？從剛剛開始妳就有點不太對勁。」

露美疑惑的掃視著我的臉。下一秒我卻說出了出乎自己意料的話。

「露美，妳該不會是因為我跑步得了第一，感到緊張吧？」

露美聽了，一時有些困惑，然後大笑了起來。

「我會緊張？妳這想法也太新奇了吧！好，看來妳很有自信喔？下週我們兩個班有場躲避球比賽，就讓我看看妳到底有多厲害吧！」

露美用開玩笑的語氣回應，我也勉強擠出了一個笑容。老實說，那瞬間我腦中浮現出一個想法：要是我表現得超好，贏過露美呢？我從來沒有考慮過這種可能性，但是當這個念頭一冒出來，就在我心中燃起了

令人振奮的火苗。

無論是躲避球還是跑步，露美總是能拔得頭籌，可說是未來小學眾人皆知的運動明星。如果我能在運動項目上贏過露美，不就能成為學校的名人了嗎？

我敷衍的和露美道別後就回家了，一打開門，迎接我的又是讓人完全開心不起來的景象——媽媽抱著雅貞的模樣真令我厭煩！

「丹美回來啦，雅貞很期待丹美姊姊回家喔！快打個招呼吧！」

不等媽媽把話說完，我不耐煩的發出「嘖」的一聲。

「話都不會說的小孩怎麼可能在等我回家！我為什麼一定要和她打

招呼！」

說完後，我冷漠的逕自走進房間，用力關上門。我似乎能看見媽媽在門外露出不知所措的眼神，我好希望媽媽能來追問我為什麼要這樣說、為什麼要用力關門、抱持著什麼心情說出剛才那些話。但是，雅貞被我摔門的聲響嚇得大哭，透過房門，我只聽見雅貞哭不停的聲音和媽媽對她的安撫聲。

看到了吧？就連媽媽也不懂妳的心情。

全世界只有我最了解妳，

妳只要聽我的話就行了！
我會為了妳竭盡全力，
我會讓妳成為世界上最重要的人，
成為所有人仰慕的對象！

紅色尾巴再次對我喃喃細語。其實，跑步比賽、向旻載要求加入機器人小組、對善柔放狠話，這些事都不是我做的。只要我全身放鬆，紅色尾巴便會代替我行動及說話，那時的我只是一具空殼。

不過，由她出面處理的結果都還不錯，不是嗎？光是跑步比賽就足以證明紅色尾巴的力量，她還讓我和旻載有了加深感情的機會，也讓善柔知道我不是好惹的。

況且，仔細想想，我的尾巴們總是會為了我行動，所以，就算讓紅色尾巴主導，也不會有什麼損失吧？

懷抱這樣的想法，我越來越屈服於紅狐的低語，不知不覺間，她的力量已經強大到我難以掌控，並開始逐步主宰我的意志。

第6章

妳根本不是我

「三班加油，三班加油……」

我們班那虛弱的加油聲，快要被一班的歡呼聲淹沒，幾乎聽不見。

「一班必勝！一班必勝！斗露美加油！斗露美加油！」

現在是第二節體育課，我們正在和露美所在的一班進行躲避球比賽。看來沒有人認為我們班會獲勝，畢竟只要是露美在的隊伍就不曾有過敗績。

今天，露美也一如往常的表現活躍，我們場上的同學一個接一個被她的球擊中出局，只有挨打的份，毫無反擊之力，甚至沒有一個人試圖去接她丟來的球。

起初，我也像往常一樣只想躲避露美的球，但是看著露美沐浴在歡呼聲中，搶盡鋒頭的模樣，我的心裡突然迸出火花。為什麼露美總是體育課上的注目焦點？要是有人能打敗露美，大家一定會覺得這號人物超級厲害吧？

這個想法一冒出來，藏在我背後的紅色狐狸就使勁推了我一把，我高高跳起，迅速接住了露美的球。歡呼聲從四面八方湧來，現在，斗露美與孫丹美這對好友之間，要展開一場勢均力敵的躲避球比賽！

我從來沒想過，自己竟然能成為露美在躲避球場上的對手，內心激動又亢奮，就像變成了另一個人。我可以精準的抓住露美丟來的球，還能用閃電般的速度把球扔回去，攻擊的速度，快得連露美也難以招架。

「三班一定贏！孫丹美加油！」

不知何時開始，我們班的加油聲已經蓋過了一班的聲音。一班的隊員陸續被我的球擊中出局，露美驚訝得瞪大了眼睛。不知不覺間，場上只剩下我和露美兩個人，兩邊的加油聲也互不相讓。

「一班！一班！斗露美！加油！」

「三班！三班！孫丹美！一定贏！」

露美投出強而有力的球，被我穩穩接住了，輪到我發動攻擊，露美高高躍起，也成功攔下了球，我們之間充滿了一觸即發的緊張氣氛。露美眼神閃爍著光芒，再次將球丟過來，力道比之前更強勁，我用盡全力接住了球，但因為受到球的衝擊力，而後退幾步。只要再努力一點就能擊敗露美了，勝利就會是我們班的……不對，就會是我的了！

抱著這個念頭，我借助紅色尾巴的力量，用力跳起來並把球扔出，確定這次能打中露美，但露美竟然接住我的球。緊接著，我還來不及回過神，就被露美的一記回擊狠狠打中，摔倒在地上。

「啊！」我感到肩膀劇烈疼痛，那個讓我倒地的球滾向一邊，周圍頓時一片安靜。

「丹美，妳還好嗎？我是不是太用力了？對不起！」

露美第一時間衝到我身邊，將我扶起來，比賽時的狠勁消失得無影無蹤，看著我的眼神充滿了擔憂。我大口喘著氣，剛剛還以為真的能贏，就差那麼一點點。

「這是怎麼回事呀？妳突然變得這麼厲害嚇到我了，我想著不能輸給妳，所以使出全力，但好像太用力了，妳沒事嗎？」

露美認真的向我解釋，但我一句話也說不出來，主要是因為被擊中的肩膀真的很痛，痛得紅色狐狸似乎也被嚇得縮了起來。其次，這不是我預想中的結局……應該是我的精彩表現讓我們班取得勝利，眾人都為我歡呼才對呀！

不過，大家臉上沒有受到鼓舞的笑容，只有失望落寞的表情，這堂體育課就這麼結束了。

我重新振作起來，雖然這次失敗了，但是我不應該耿耿於懷，下次再好好發揮自己的實力就行了。我走進洗手間，把臉洗乾淨，往學生餐廳走去。到達餐廳時，旻載和詩浩還有其他機器人小組的成員已經坐在一起開始討論了。

「不必太在意體育課發生的事，雖然比賽輸了是有點可惜。」

詩浩看我想開口說些什麼，先笑著這麼說。

「別放在心上，體育課都已經結束了，現在大家是為了科學專案才聚在這裡，這一小時只要專注在這件事上就好了！」

這句話讓我的心情緩和不少，不過，詩浩又加了一句話：

「正因為如此，請妳務必要遵守小組討論的時間，畢竟這是團隊工作，如果沒辦法準時開始的話，大家會很困擾。」

「啊，嗯……」

我勉強回應。

「那麼，就從丹美開始發表吧，對於預計要製作的機器人，妳的設計方案準備好了嗎？」旻載滿心期待的詢問。

糟了！上次討論會有分派作業，每個組員要準備機器人的簡報跟大家分享，但我居然把這件事忘得一乾二淨！

「抱歉……我有想到一些點子，不過因為太忙，還沒有整理好。」

我吞吞吐吐的回答，旻載露出尷尬的表情說：

「還沒有完成嗎？如果要參加校外競賽，必須提前做好充分的準備才行……」

旻載失望的眼神讓我很不好受。

「那也沒辦法，先討論其他事項吧！」

不知是誰說了這句話，大家便開始討論起機器人的製作內容。我如坐針氈，不只小組討論遲到，也沒有準備簡報，而且和上次一樣，我完全聽不懂討論的內容。大家興高采烈的討論著機器人並擬定計畫，我卻格格不入，默默盯著牆上的時鐘。要是有一臺可以讓時光倒流的機器，或是有一塊可以消除記憶的橡皮擦，那該有多好。

一旁靜靜觀察著我的詩浩認真的小聲問：

「丹美，妳老實告訴我，下次開會能提出簡報嗎？雖然時間還算充裕，但下次如果再以遲到或忘記當藉口就糟了。」

「沒辦法做得完美也沒關係，只要保證會努力做好就行了，但前提是妳真的可以完成這件事。」

詩浩壓低音量又說了這句話。詩浩那一眼就看穿我的眼神以及旻載失望的表情，讓我下定決心，不能再拖延下去了。我想起紫色狐狸，拿出內心深藏的勇氣，從椅子上站起來。

「同學們，對不起！」

大家同時將目光投向我。

「我以為自己能勝任，所以才想加入小組，可是現在看來，沒有我這個小組會更好，如果我繼續參加，可能會搞砸這個專案……」

開口時，我的語氣因為緊張而有些侷促，說著說著，我的聲音也越來越微弱。看來沒有一條尾巴想要面對我此刻的沮喪，我的背後一點動靜也沒有。其他組員們點點頭，表示尊重我的決定。

「丹美，謝謝妳現在告訴我們這個決定，我覺得妳更適合做自己擅長的事情。」

聽見旻載冷靜的說出這句話，我感到既羞愧又尷尬，一句話也說不出來。現在，不只是旻載，應該連詩浩也不想和我做朋友了吧！但不管如何，正如旻載所說的，體育和科學都不適合我，只有畫畫是我真正喜歡且充滿自信的事情。既然如此，下一堂的美術課就是我展現優勢的機會，不需要紅色狐狸出手，也能好好發揮我的實力！

美術課開始了，我依照老師的指示，拿出繪畫用具與素描本，內心想著……這堂課只要放鬆的畫出想畫的東西就好，但就連這個計畫也被老師的一句話給摧毀了。

「今天，我打算從各位的作品當中選出一幅，當作我們班的代表作品，有興趣的同學請認真畫吧！今天的繪畫主題是『心』。」

老師見大家一臉茫然，用輕快的語氣補充說明。

「可以畫出平時的心情、想做的事，或是你心中嚮往的人、事、物。只要和『心』有關，什麼都可以畫！」

我看向隔壁排前方的善柔背影，她似乎已經萌發靈感，比大家更快的拿起畫筆，在素描本上開始作畫。

背後的燒灼感又出現了，我不喜歡這種感覺，但又無法抑制。身體裡湧動的熱流越來越激烈，我用力的抓起畫筆，甚至連打草稿的念頭也沒有，將畫筆沾上顏料便直接在素描本上畫了起來。我也不知道自己到底在畫什麼，完全是畫筆牽引著我的手，在紙上不停來回塗色。

我腦中浮現出一座燒得火紅的黑色熔爐，我想把所有阻礙都放進爐中，讓爐火燒個精光。或許是因為這個念頭，我經常不自覺的將畫筆伸向黑色與紅色。

我又抬頭看向善柔，她那掛著平靜笑容專注畫畫的模樣，真令人不悅，為了消除這份敵意，我別無選擇，非贏不可。

我將目光移回到自己的畫上，不知怎麼回事，畫筆總是從我手中滑落，握筆的手心冒起冷汗，而我的背如著火般滾燙。內心雖然燃起強烈鬥志，但我像感冒般頭暈目眩，暈得我閃過放棄的念頭，畫筆卻始終牢牢黏在手上自顧自的移動，我的手根本是被筆拉著走。

事實上，控制畫筆的已經不是我，而是紅色尾巴了，今天一整天，都是紅色尾巴在操縱我！

住手！停下來！

我在心裡吶喊著，紅色尾巴用清亮的嗓音抗議：

竟然要我停下來！

妳應該要受到眾人仰慕，

而不是讓別人搶走屬於
妳的關注和愛。
只要照我的話去做，
就能拿回原本屬於妳的東西！
妳只要安靜接受我的指示就行了！

不行，這樣好像不太對，
現在就停下來！拜託！

我喃喃低語，拚命想放開手上的畫筆，但敵不過紅色尾巴的力量。

在我與紅色尾巴暗中較勁的時候，畫筆持續失控的亂畫著。

不知不覺間，素描本上呈現出一幅雜亂無章的圖畫，黑紅兩色布滿了整張紙，我的心就是這樣嗎？即便我不喜歡，卻不得不承認，我的心裡充滿了紅色的火焰以及黑色的灰燼。

突然間，我發現有人正在注視我，那個冷眼旁觀、面露微笑的人是萊兒！她咧著嘴，像在看什麼有趣的東西似的。但現在我沒心情顧及萊兒怎麼想，我用左手緊緊抓住不聽使喚的右手，放聲大喊：

「停下來！我叫妳現在就停！妳根本不是我！」

所有人都看向我這邊，老師也驚訝的盯著我，緊緊皺起眉頭。像被澆了水一樣，充斥在我身體裡的火焰瞬間熄滅了，我不再感覺到紅色尾巴的掌控。畫筆掉落在素描本上，我的手、甚至全身都在不停的顫抖。

「我辦不到，老師，我沒辦法交出作品……」

我難過的向走到我身邊的哈囉老師這麼說。

「雖然不知道發生了什麼事，但妳別擔心，下次還有機會。要不要去趟洗手間？洗把臉心情應該會好一點。」

聽了老師的話，我點點頭。即使老師沒這麼說，我也打算跑出去，因為我的背正在快速膨脹，我一走出教室，就往走廊盡頭跑去。

好不容易跑到走廊盡頭的樓梯處，紅色尾巴從我快迸裂的背上彈了出來，變成了一隻紅色狐狸。

紅色狐狸瘋狂的在牆壁之間來回飛躍，接著，一個紅髮女孩站在我面前，氣喘吁吁的朝我瞪大雙眼，眼中宛如燃燒著兩把熊熊的火炬，和素描本上那簇黑紅相間的火焰一樣！

第7章 請妳消失吧！

「我們不是約定好了嗎？一切都交給我處理！」

紅髮女孩齜牙咧嘴的尖聲咆哮，我被她的氣勢嚇得後退兩步。

「沒錯，原本我以為照妳的話做會有好結果，但事實並非如此。」

「那是因為妳老是胡思亂想，妳必須完全聽從我的指示！」

紅髮女孩的反應讓我覺得自己不能再退縮了。

「抱歉……我現在只想對妳說一句話……」

我深吸一口氣，堅定的說：

「請妳消失吧！」

「妳說什麼？」

這下輪到紅髮女孩嚇了一跳，她震驚得後退了兩步。

「在我目前所有的尾巴中，妳最令我困擾，其他尾巴雖然都曾讓我陷入不知所措的窘境，但是也給我很大的幫助，而妳……」

「我……怎麼樣？」

如此追問我的紅髮女孩，露出了動搖的眼神。

「正如妳之前說的，妳真的很強，我以為由妳代替我出面，所有事都會處理得很好，但結果根本不是這樣。」

「是妳召喚我出來的，我只是在幫妳啊！」紅髮女孩反駁。

「我一開始也覺得妳在幫我，直到現在，一切都變得一團糟……」

「一團糟？妳覺得變得一團糟？」

她雙脣顫抖著發問。

「沒錯，在妳出現之前，我正在適應自己是九尾狐的身分，原本滿心期待第四條尾巴的到來。可是，妳知道妳的出現帶來什麼變化嗎？我開始埋怨自己是九尾狐，也很討厭妳這樣的尾巴成為我的一部分！」

我的聲音也在顫抖，一陣沉默之後，紅髮女孩終於開口了。

「妳的意思是……希望我消失嗎？」

我看著她的臉，過一陣子才回答：

「嗯。」

那番話是我內心的真實感受，之前出現的尾巴會幫助我，協助我解決問題，甚至在我遇到危險時挺身而出。

「方向尾巴」指引我正確的方向，「友情尾巴」修復了我和好友差點破裂的關係，「勇氣尾巴」用驚人的力量擊退黑暗，每條尾巴都為我盡心盡力。但是，紅色尾巴……應該說是「嫉妒尾巴」跟它們完全不一樣。嫉妒尾巴的力量越強大，我的處境就越危險，真不知道再這樣下去會發生什麼事。

「所以……請消失吧！拜託！」

紅髮女孩聽見我這麼說，整張臉變得紅通通的。

「我努力讓妳得到關愛，換來的回報卻是被妳拋棄……」

看著她的臉越來越紅，我開始擔心是不是哪裡出錯了。不久，她的周圍燃起了猛烈的火焰，火光映照中，整間學校彷彿陷入一片火海。

令人意外的是，紅髮女孩雙眼原本閃爍的紅光毫無預兆的暗了下來，像開關被關掉似的，環繞著她的紅色火焰也被澆滅了。

不知何時，她變成一隻毛色黯淡的赤狐，飛快的從我眼前掠過，往外跑去。我隱約感受到出了差錯，但是，此刻的我如同一座石像，全身動彈不得，只能眼睜睜看著她消失。

第8章

方向尾巴的建議

紅色狐狸消失後，我的心情如何呢？是感到沮喪或是悶悶不樂嗎？會因為後悔而對她心懷愧疚嗎？意外的是，我完全沒有這些想法。我覺得身心舒暢，神清氣爽，就像是徹底告別了一道醜陋的疤痕。紅色尾巴

出現後，我的心情總是激動沸騰，現在終於平靜下來了。我回到家打開門，更加深刻的體會到這一點。

第一眼看到的就是抱著雅貞的媽媽，最近每天回家都會看見這樣的畫面，這已經不算什麼新鮮事，也許正因為如此，此刻我心裡什麼特別的感覺也沒有，既不嫉妒雅貞，也絲毫不期待媽媽的關心。

「丹美長大了呢！妳現在不會嫉妒雅貞了嗎？」

媽媽的語氣聽來有點驚訝，我只是聳聳肩，心平氣和的走進房間。

那天晚上，我睡得很好，一夜無夢到天亮。第二天早上，我從熟睡中醒來，像往常一樣去學校上課，就連早自習上哈囉老師提起繪畫比賽時，我的心情也出奇的平靜。

「今天要宣布即將代表我們班比賽的作品，那就是……」

如果是之前，這句話一定會讓我緊張到心跳狂飆，不過，現在的我心如止水。這只不過是一節無聊的早自習，而我必須要乖乖坐著聽老師講一些與我無關的事情。我瞥了善柔一眼，她一下子緊握著拳頭，一下子又緊張得咬指甲。

「閔善柔同學的畫。」

老師一宣布完，同學們紛紛鼓掌，善柔的臉上展露出喜悅的表情，我也合群的一起拍手，不搶快也不拖拍。之前的我應該會感到很苦澀，為了隱藏內心的苦澀而強顏歡笑，結果讓自己痛苦萬分。一旦放下好勝心，我的心情反而變得很輕鬆。

下課時間，旻載和詩浩認真討論著機器人，相談甚歡的經過我旁邊時，我的心情也沒有任何起伏。對我來說，不管他們相處得多融洽，似乎都不再重要了。當我不再一心想得到旻載的關注時，心情就像是擺脫了枷鎖般輕鬆自在。

上體育課時，我也維持著這種無欲無求的狀態。這天有跳繩考試，每個人要輪流在全班面前跳繩。輪到我的時候，大家都用充滿期待的神情看著我，因為上次在跑步和躲避球比賽都有出色的表現，所以大家不禁對我的跳繩實力也感到很好奇。然而，都還跳沒幾下，我的腳就被繩子絆住了……再試一次，結果還是一樣。我的跳繩技術糟到讓我難以相信自己傳承著九尾狐的血脈。

「孫丹美怎麼了？還以為妳很厲害呢！」

有人用嘲諷的語氣這麼說，但他沒說錯，我本來就是個平平無奇的人，早就該習慣如此「普通」的評價，一點也不用在意。我的心情不再像之前被紅色尾巴控制時，會不斷的大起大落，現在，我只覺得像棉花般輕盈。不管怎麼想，我都很慶幸紅色尾巴消失了。

不過，奇怪的是，隨著時間的流逝，原本輕盈的心卻漸漸變得沉重，宛如被水浸溼的棉花。當我失去了想贏、想被愛、想被稱讚的念頭，心中想努力向上的鬥志也隨之消失了。

就像茫然的坐在一張全白的圖畫紙前，腦中卻一片空白，完全沒有想畫的東西，但是，至少那些讓我內心煎熬的不愉快都消失了，這樣不是很好嗎？

有天深夜，我坐在床邊上反覆思考，就在此時，我聽見身體裡傳來了一個熟悉的聲音。

這是真正的妳嗎？

那聲音一聽就讓人聯想到冰冷的霜雪，是幫助我指引方向、肯定自我的第一條尾巴！房間逐漸被藍色光芒籠罩，一個短髮女孩緩緩出現在我眼前。熟悉的冷淡眼神與藍色頭髮，都讓我有種親近感，彷彿昨天才剛見過面似的。

「好久不見啦！」

我先向她打招呼，她卻用冷冰冰的語氣說：

「這些寒暄不重要，妳應該先回答我的問題吧？」

我皺起眉頭，她剛剛問的問題，還會有其他不同的答案嗎？我拋出了一個乾脆的答覆。

「我不知道妳到底想問什麼，但我的答案是：『沒錯，這就是我』。」

「不，沒有尾巴就不是真正的妳，因為妳是九尾狐。」

藍髮女孩冷冷的回應。

「我知道，我怎麼會不知道自己是九尾狐！不過，我現在很輕鬆、很自在。紅色尾巴帶給我很多困擾，最近發生的事，妳也都看到了吧？我討厭那樣的尾巴成為我的一部分……」

「這句話我聽過很多次了。」

她嘖了一聲，藍色髮絲輕輕飄揚起來。

「妳看起來一點也不輕鬆自在啊！妳難道不知道，就是妳腦中紛雜的思緒召喚我出來的嗎？」

也許真的是這樣，我的確懷疑自己的選擇，想到整夜睡不著。

藍髮女孩繼續說：

「妳應該還記得我曾說過的話吧？不管妳再怎麼不喜歡尾巴，都不能輕易捨棄它，否則就會引發混亂。」

我回想起第一次見到藍色尾巴的那天，我問她如果尾巴消失會怎麼樣，她說，跟我長得一模一樣的九隻狐狸會在世界上四處漂泊。

「如果發生這種情況，最大的受害者不是別人，而是妳吧！」

藍髮女孩以憂心的眼神看著我說。

「這我當然知道，但是，與其擔心尚未發生的事情，我更想擺脫現在的困擾，我想忘掉這一切！」

我激動的吐露心聲。

「如果妳和尾巴分道揚鑣，那麼，妳和尾巴都將成為不完整的個體。別忘了，體內的尾巴會跟妳一起成長，妳可以決定她要成為什麼樣的尾巴。」藍色尾巴說道。

「妳就不能直接告訴我答案嗎？每一次，總是要努力解開尾巴們出的謎題，我已經厭倦了，這次也是一樣，就算妳們沒有出現，我每天要面對的問題就已經夠多了，現在還要找出關於紅色尾巴的答案，我真的受不了了！」

我難過的大喊，眼淚在眼眶裡打轉，但藍色尾巴依舊態度冷淡。

她專注的看著我，平靜的問：

「妳試過從別的角度來看待紅色尾巴嗎？」

我以疲憊的眼神看向藍色尾巴，表示完全無法理解她的意思。

「我的意思是，妳有沒有嘗試去改變，讓她變成妳能接受的樣子？」

「要改變什麼呢？是指我可以改變她的個性或顏色嗎？妳說的『改變』又是什麼意思？」

面對打破砂鍋問到底的我，藍色尾巴卻始終不輕易鬆口。

「抱歉，我能說的都已經說了。」

「還有其他的線索嗎？如果妳不告訴我，我就必須直接問紅色尾巴了。拜託先幫我找到她吧，妳是方向尾巴，這件事應該可以做到吧？」

我想起藍色尾巴曾經幫我找到露美，也曾指引我找到允娜的經紀公司，所以才這麼說。

藍髮女孩動動鼻子聞了兩下，接著搖搖頭。

「沒辦法。」

「啊？為什麼沒辦法呀？」

我的語氣相當哀怨。

「不是因為我不想，而是因為……只有妳發自內心想做的事，我才能做到。」

藍髮女孩看來十分惋惜。

「能不能講得更好懂一點呀？我的頭都快爆炸了！感覺就像有一百萬隻螞蟻在腦袋裡爬！」

看見我抱頭哀號，藍色尾巴臉上露出了難得的微笑。

「好吧，我講得簡單一點。看來妳到現在還不知道，要我幫助妳有個必要條件，那就是妳要找的必須是妳真心想要的東西，但現在……」

藍髮女孩走到我面前再次認真聞了聞，接著說：

「我完全沒有感受到妳想要尋找紅色尾巴的念頭，妳只是嘴巴說說，心裡根本不想找到她吧？」

「那我到底該怎麼做？」

「這我也沒有答案。」

藍髮女孩說道。

「唯有當妳明白該怎麼與紅色尾巴共處，並且真心想要找回紅色尾巴的時候，我才能夠引領妳前往紅色尾巴所在的地方。我會等待那天的到來，雖然我也不知道會不會有那一天。」

說完後，她變回一隻藍色的狐狸，翻了幾個筋斗，化作一股藍色煙霧迅速鑽回我的背後。

第9章 媽媽也是一樣

再度只剩下我一個人，此刻的心情，就像是面對無數片散落的拼圖，卻不知道要拼出什麼樣的圖案。我還陷在要不要接受自己是九尾狐的苦惱中。藍色尾巴非但沒有幫助我，反倒要我去找那個徒有強大力量，恣

意妄為，還惹了一堆麻煩的紅色尾巴，要我去了解這其中的原委，豈有此理！

這是從第一條尾巴出現以來所遇到最大的危機，面對它，我能做的只有一件事，那就是絕望的哭泣。眼淚沿著臉頰滑下來，再從下巴滴落，無聲的淚水隨即變成失聲的痛哭，我忍不住放聲大哭起來。

「丹美呀，妳怎麼了？」

媽媽打開我的房門走進來，看見我滿臉是淚，表情又驚訝又擔憂。

「發生了什麼事？」

「媽媽，我好難受……」

我哭著說。

「可是我沒辦法告訴妳原因。」

「為什麼？無論發生什麼事都可以告訴媽媽。」

媽媽一邊擦去我臉上的淚水，一邊這麼說。

「我不知道，我真的不知道該怎麼跟妳說……」

我強忍著淚水，勉強擠出這句話，我沒辦法將感受到的每一種情緒用言語表達出來，媽媽將我緊緊的抱在懷裡。

「如果很難說出口，那就好好的哭一場，情緒再複雜也會隨著眼淚逐漸緩和，哭完之後妳會發現，問題其實沒那麼難解決。」

我緊緊抱著媽媽，聽著她溫柔的嗓音，毫無顧忌的嚎啕大哭，能夠這麼安心的宣洩情緒，真是太好了。

哭了一陣子之後，原本以為永遠不會消失的傷心之情也漸漸平息了，我慢慢抬起頭，發現媽媽的睡衣都被我的淚水浸溼了。這時，媽媽把頭髮全都撥到另一邊，開口問：

「好一點了嗎？」

我點點頭。

我感覺好多了，而且，正如媽媽所說，哭完後，我把心事一股腦兒說了出來，就像瀑布傾瀉而出，真令人難以置信。

「我好討厭自己是九尾狐！要在不喜歡的事情裡找出優點，比尋寶遊戲還難。再說，就算找不到寶藏，本身還是很珍貴的，但我卻不是，我只是一隻長著一堆奇怪尾巴的九尾狐。」

媽媽專注的看著我，眼神從充滿擔憂，到露出興味盎然的笑意。

「有的東西乍看很不起眼，但仔細看才發現真的是寶藏呀！就像是埋在沙子裡的珍珠一樣。」

聽見媽媽這麼說，我激動的反駁：

「媽媽一點都不明白我的心情，儘管同樣是九尾狐，但妳又沒有那種讓妳頭痛不已的紅色尾巴。」

「妳怎麼確定媽媽沒有呢？看來妳沒聽過我的紅色尾巴故事喔？」

媽媽的嘴角勾起一抹意味深長的微笑。

「該不會……媽媽也有……愛惹麻煩的紅色尾巴？」

聽到我驚訝的這麼問，媽媽不慌不忙的點點頭，然後將手指放在嘴邊低聲說：

「噓！不僅如此，而且她的威力十分強大！」

我從未見過媽媽嫉妒任何人，真不敢相信這種事也會發生在媽媽身上。這不僅讓我感到驚訝與新奇，最重要的是，也讓我慶幸不只我有這樣的尾巴。

「媽媽也會嫉妒或羨慕某個人嗎？也會希望只有自己受到眾人的關注嗎？」

「這是當然的呀！只要是九尾狐……啊不對，只要是人都會有這些想法的！」

媽媽說完，忍不住噗哧一笑，我也被她的笑意感染，結果兩個人都開懷大笑了起來。然後，媽媽以慈愛的眼神看著我說：

「當我和妳差不多年紀的時候，真的很討厭嫉妒心強的紅色尾巴，每當她出現時，我都感覺自己要被她吞噬了。所以，我經歷許多次挫敗，不斷嘗試各種方法。現在，我的紅色尾巴和當時已經截然不同，但不變的是，她仍然是力量最強大的一條尾巴。」

「真的嗎？紅色尾巴的威力果然很驚人。」

「是呀！每次只要借助紅色尾巴的能力，事情就能迎刃而解，她是條超厲害的尾巴，不是嗎？」

「要怎麼做才能夠像媽媽一樣呢？」

滿腹疑問的我，坐在媽媽身旁這麼問。

「嗯，該怎麼說呢……」

媽媽思考了好一陣子，才終於開口。

「我幫她取了一個新名字，因為我覺得，紅色尾巴誤解了自己的

名字。」

媽媽就只說到這裡，這似乎與藍色尾巴給我的建議有異曲同工之妙，我不再追問媽媽接下來該怎麼辦，因為現在的我已經明白，必須憑藉自己的力量找出解答才行。

那天晚上入睡之前，我反覆思考藍色尾巴和媽媽對我說的話，第二天、第三天，我也沉浸在同樣的思索之中。老實說，我覺得自己或許永遠都找不到答案了，但沒想到，我竟然在一個十分偶然的情況下發現了解決問題的關鍵。

終於到了雅貞回家的那天，我在放學回家的路上碰巧遇到了姑姑，她拉著一個超大的行李箱，看來應該剛下飛機。

「丹美呀，一切都還好嗎？」

姑姑相當親切的向我打招呼。

「姑姑好。」

我尷尬的回應，雖然已經不再嫉妒雅貞，但面對把小孩留在我家好幾天，現在才來接她回去的姑姑，我也實在很難擠出笑臉。

「丹美這幾天跟我家小哈哈相處辛苦了，小哈哈是不是給妳添了很多麻煩呀？」

「小哈哈？」

姑姑這才恍然大悟的說：

「啊，我都忘了，小哈哈是我們在家稱呼她的小名啦！雅貞還只是個小寶寶，很常哭鬧又需要一直照顧，造成妳不少困擾吧？」

姑姑一臉歉疚的說。

「所以我特地準備了禮物要送給妳喔！不確定妳喜不喜歡，是我特別為妳挑選的老鼠軟糖……」

「姑姑！」

我打斷了姑姑的話。

「啊？」

「如果我對著雅貞喊『小哈哈』，她聽得懂嗎？」

聽見我這麼問，姑姑臉上露出了笑容。

「當然啦！我猜她可能更喜歡別人這樣叫她吧？之前雅貞每次任性或是耍賴的時候，妳姑丈都會叫她『小賴皮』，雅貞一聽到別人這樣叫她，情緒就會一發不可收拾。後來我仔細想想，雅貞是個笑容燦爛的可愛女孩，為什麼要叫她『小賴皮』呢？所以就算雅貞哭了，我也會叫她『小哈哈』。神奇的是，她變得越來越少哭鬧和發脾氣，越來越常露出笑臉了。」

姑姑這番話，讓我陷入了沉思，或許是因為氣氛太尷尬，姑姑乾笑了一聲打破沉默。

「哎呀，這種雞毛蒜皮的小事就不說了。」

聊著聊著，我們走到了家門口，就在這時，我腦海裡閃過一件事。

「不好意思呀，姑姑，我現在得出去一趟！」

「咦？都已經到家了。」

「突然想到有急事，幫我跟雅貞說聲再見。還有，別忘了把要給我的老鼠軟糖拿給媽媽喔！」

說完這句話，我轉身就飛奔了出去。迎面吹來一陣冰冷清爽的風，伴隨著不知何時下起的濛濛細雨，我喃喃自語著：

「我想找到她，因為我想到了另一個名字！」

聽見我的聲音，藍色尾巴好奇的問：

是什麼名字呀？

「紅色尾巴的新名字是……」

我在心裡輕輕念出尾巴的名字，那名字蘊含了我對尾巴的期待，

我想要追尋那樣的尾巴。我走進附近一條鮮為人知的小巷子，閉上了雙

眼，感覺背部深處捲起了小小的漩渦。

現在就帶我去她所在的地方吧！

我緊閉著雙眼，向藍色尾巴發出了指令，眼前似乎浮現出藍色尾巴微笑點頭的模樣。

第10章

另一個名字

雖然我連目的地在哪裡都不知道，但還是毫不遲疑的在藍色尾巴的引領下向前走，一路上馬不停蹄的穿越斑馬線，經過幾棟大樓，穿梭在街頭巷尾。雨勢漸漸變大，當雨水沿著我的頭髮滴落時，我停下腳步，

站在一棟建築物前面。這裡曾是消防局，現在是一片廢墟。

在建築物內的狹小夾縫間，薄弱的屋簷幾乎擋不了雨，一個全身溼透的女孩孤零零的坐在那裡，一頭紅色長髮散落在她的肩膀上。

「妳在這裡做什麼？」

她聽見我的聲音，整張臉瞬間明亮起來。

「一隻紅狐躲在消防局，妳不覺得有點好笑嗎？」

我帶著微笑對她說，但她的表情卻很不開心。

「因為都是紅色，所以適合躲在這裡，才不會那麼容易被發現。」

紅髮女孩凝視著我，虛弱的回答。

「妳不是要我消失嗎，為什麼來找我？不是說不想看到我嗎，為什麼又站在我面前？」

她微微抽動嘴角這麼問，我深吸了一口氣，開門見山的說：

「是我誤會妳了。我一直用妳當初自我介紹的名字——『嫉妒尾巴』來稱呼妳，但是我發現，我們一不小心把重點錯放在名字上，導致妳一再往錯誤的方向使力，而我們也無力阻止。所以，妳要不要試試看換一個名字呢？」

我剛說完，紅髮女孩便不以為然的「哼」了一聲。

「這聽起來像是妳不想承認我的存在？我知道妳不喜歡我，但是不要試圖改變我。我擁有如火焰般強大的力量，就是源自於嫉妒、羨慕和想要被愛的渴望，這就是我全部的能力！妳也親眼目睹過了，應該很清楚才對！」

紅髮女孩相當生氣，我趕緊揮手否認。

「我並不是想要改變妳，就像妳剛剛說的，妳的力量很強大，所以我之前才會認為，借助妳的能力讓我成為主角，一定是很棒、很幸福的事。可是，當我不斷借助妳的力量去獲取大家的關注，最先疲憊不堪的人卻是我自己。我以為只要沒有妳，一切問題就能順利解決。剛開始的確是這樣，我的心情平靜的如同暴風雨過後的大海，但是我漸漸發現，這並不是平靜，而是對所有事物都失去了熱忱。現在我終於明白，妳不只是因嫉妒與想被愛的渴望而來到我身邊，妳是來幫助我把事情做得更好，既溫暖又強大的『火焰尾巴』！」

紅髮女孩被我的話所觸動，眼神有些動搖。

「妳是不可或缺的存在，我需要妳成為驅動我前進的馬達。」

「馬達？」

「對呀，不需要隨時全速前進，只在必要時驅使我衝向目的地的馬達！」我這麼回答。

她若有所思的重複了一遍，喃喃自語的說：

「馬達……這名字感覺還不錯喔？」

「妳也這麼覺得吧？」

聽見我的詢問，她點點頭，隨即站起身。

「我喜歡！既然如此，我可不能還是這副溼答答的狼狽樣，儘管我有了馬達這個新名字，我的驅動力仍然是火呀！」

她伸出紅色尾巴，慢慢開始轉動，接著逐漸加速，沒多久尾巴就發出馬達運轉般的嗡嗡聲，飛快轉動著，快到看不清楚。緊接著，她那被雨水打溼的頭髮上湧現出電流，一頭潮溼的長髮，就像剛出爐的爆米花被高高彈起，恢復成蓬鬆濃密的紅色捲髮。

「太酷了！妳的力量真的好強大！」

聽見我驚呼，她露出了自豪的笑容。

「雖然很不想說出口，但我很高興妳能來找我。就在妳來之前，我還獨自在這裡煩惱，被拋棄的尾巴要怎麼在這世界上生存……」

她小聲的說著，這讓我心裡升起強烈的愧疚感。

「別這麼說，是我做了蠢事，妳就是我的一部分，我無法捨棄妳也無法與妳分離。對了，有件事要拜託妳。」

「什麼事？」

她一臉好奇的問。

「能不能把妳周圍火焰的溫度降低一點呀？每次我感覺到背部形成火焰漩渦時，都覺得快被燙傷了！」

她咯咯笑了，原本鮮紅的髮色瞬間變成了柔和的粉橘色。

就在這時，一陣詭異的聲響傳來，就像是有人拿樹枝劃過光禿禿的牆壁。接著，一個奇怪的東西出現在我們眼前，它漂浮在半空中，外型像隻撐著大傘的鳥。

「躲起來！」

火焰尾巴聽見我這句話，眨眼間就不見了。

我抬頭瞥見大傘底下那隻鳥蜷曲的腳，但此刻下起的傾盆大雨，遮蔽了我的視線。我抹去眼睛周圍的雨水，想睜大眼睛看清楚，卻驚訝的發現，眼前站著的竟然是萊兒！和我第一次遇見她時一樣，一滴雨也沒有落在萊兒身上。

「萊兒？為什麼妳會在這裡？」

我相當意外的提出疑問。萊兒嗤笑著揚起了嘴角。

「哪有什麼為什麼，出現在有朋友的地方，這不是稀鬆平常的事嗎？尤其是有著驚人祕密又和我有共通點的朋友。」

萊兒湊近我的臉，臉上掛著令人不安的笑容，那表情彷彿在說，我和火焰尾巴的對話她全都聽見了。我看著絲毫沒有被雨淋溼的萊兒，不禁起了一身的雞皮疙瘩，口中卻說出連我自己都感到驚訝的話。

「老是裝模作樣講這些話，妳也該適可而止了吧！」

「妳說什麼？」

萊兒像是被擊中要害似的，嘴角不停的抽動。

「每次都莫名其妙的出現，我根本一點也不想看到妳，而且妳總是說我們有共通點，說什麼我們是朋友。我現在把話說清楚，我完全不想跟妳成為朋友，請妳去找別人當朋友吧！」

我的語氣聽起來冷靜從容，這讓萊兒驚訝得瞪大了眼睛。

「好啊，也許妳說的沒錯，不過……勸妳記住，我是唯一知道妳祕密的人。」

聽見萊兒的話，我的心忍不住狂跳，但是我沒有顯露出來，反而朝萊兒走近一步。

「是嗎？我也很好奇妳到底知道我的什麼祕密，要不要說說看？」

萊兒似乎被我的舉動嚇了一跳。

「以後會有機會的，今天就說到這裡吧！」

接著，萊兒轉過身，抬起腳準備離開，我不敢相信自己的眼睛——

萊兒的雙腳浮在空中，以近似飛行的姿態消失在我的視線範圍。

不知不覺間，雨停了，這個不可思議的下午也將近尾聲，天色已漸漸轉暗。

第11章 走出迷宮

現在是科學課，眼前這隻走起路來左搖右晃，十分可愛的機器渡渡鳥吸引了大家的目光。這是旻載和詩浩的機器人小組的研究成果，名為「渡渡α」。詩浩向大家說明製作的原理，旻載在一旁拿著控制器操控

它的動作，眼神熱情且專注。

渡渡α有時還會停下腳步，慢慢的拍動翅膀，發出「吱吱」的奇怪聲音。竟然能夠在這麼短的時間內完成這樣的作品，真令人難以置信。下課後，我特地走向詩浩與旻載。

「你們好厲害！中途退出真是抱歉，不過，一想到如果我繼續參與不知道會造成什麼結果，就覺得退出果然還是對的，我那時候太有企圖心了。」我對他們說出了真心話。

「有企圖心不是壞事呀！」

詩浩淺淺的笑著，對我這麼說。

「如果可以的話，最好還是把企圖心放在自己真正喜歡的事情上。

丹美，我相信妳一定可以的！」

我再次體會到詩浩真的是一個很棒的朋友，既有洞悉一切的智慧，也有為他人設想的體貼。相較之下，旻載的表情顯得有點為難，似乎在避免與我對視。也許是因為我隨口說要加入小組，但又不負責任的中途退出，讓他感到很失望吧……抱著這樣的想法，我準備轉身離開，沒想到他向我走來。

「丹美，我有些話要對妳說……」

「嗯？什麼事？」

「我想向妳道歉，妳要退出小組的時候，我沒有挽留妳，在那之後我一直感到很過意不去……」

「別這麼說，剛剛我看著你操作機器人，啊不對，是渡渡鳥，深深感覺到你是多麼認真的想把這件事情做好。所以才會在我說要加入時感到不安，當我決定退出的同時，你應該也鬆了一口氣吧！」

「……」

旻載沒有否認，沉默了片刻後，含蓄的說道：

「無論如何，有件事我想讓妳知道，嗯……」

「嗯？」

「我覺得妳真的很酷。」

「我很酷嗎？」

「真的啦，我是認真的！」

旻載有些臉紅了。

「雖然很難解釋，但妳有一種專屬於妳的魅力，啊不對，是優點啦！」旻載搔了搔頭。

「雖然最近這幾天，覺得妳好像變了個人似的，不過今天妳來找我們，坦誠的說出心裡話，感覺我所喜歡……啊！我的意思是說，我熟悉的那個孫丹美又回來了，真是太好了。」

旻載刻意將視線錯開，對我這麼說。

「啊，嗯，是這樣嗎？」我也有點難為情，看向另一邊這麼回答。

「喔，是呀，沒錯。」

旻載說完這句話，就飛快的轉過身，結果撞倒了旁邊桌上的書，書嘩啦嘩啦掉了一地。旻載連忙把書撿起來，但這次又把另一邊的書全都推倒了。看著旻載一如往常的冒失模樣，我忍不住笑了。

不久後，善柔的作品代表學校參加全市繪畫比賽，獲得了第一名。

如果說我聽到這個消息心裡一點也不沮喪，那是騙人的。不過，當我在教室後方看見善柔的作品時，我突然有所領悟。她確實畫得很好，但是我和她的畫作各有特色，現在，我只想把心力專注於自己的作品。一想到這裡，後背突然發出如同小暖爐的溫熱感。

美術課的上課鐘聲響起，我迫不及待打開素描本開始畫畫，手的動作如行雲流水般流暢，畫筆在顏料之間來去自如。課堂間，我可以這麼全心全意的畫畫，不被任何事影響而分心，因為我體內的紅色尾巴——那專屬於我的馬達，正在和我一起專心畫畫。

「哇，這是什麼呀？」

下課時間經過我座位的同學開口問。

「火。」我簡短的回應。

我在素描本上畫出一道紅色火焰，不僅僅是紅色，畫中運用黃色、橘色、粉紅色、紅色這四種顏色，互相交織融合，發散出金色的火光。

善柔不知何時走了過來，凝視著我的畫。

「這幅畫好吸引人呀！光是看著就覺得很溫暖，心情也變得很好，這樣的畫只有丹美才畫的出來呢！」

善柔臉上露出羨慕的神情。

當我放學回到家時，媽媽幫我開了門。沒有聽到雅貞喧鬧的哭聲，總感覺有點失落。晚餐時間，我問媽媽：

「媽媽，妳之前這麼疼雅貞，那她現在回家了，妳的心情怎麼樣？」

「嗯，怎麼說呢……既欣慰又不捨吧！」

「才這樣而已嗎？雅貞知道一定覺得很失望！」

然後，我鼓起勇氣提出在心中深藏已久的問題。

「媽媽，我問妳喔，妳覺得我和雅貞誰比較可愛呀？」

媽媽先是驚訝得睜大眼睛，接著噗哧一笑，在一旁喝水的爸爸也跟著笑了出來。

「妳這是什麼傻問題呀？」

媽媽笑著說：「當然是丹美呀！」

我還沒來得及說話，媽媽就緊緊的抱住我，爸爸也走過來把我們抱在懷裡。我有點不好意思，同時內心也洋溢著喜悅與滿足。

幾天後，在前往美術補習班的路上，我在等紅燈的路口遇見了允娜，她倚靠在燈柱上，緊握著手機。我的目光越過允娜的肩膀，看到手機正播放著那個新進練習生的影片。

「嗨，白允娜！」

我向她打招呼。

「妳好呀，孫丹美。」

允娜嚇了一跳，急忙把手機收了起來，她與上次我們在閱覽室前巧遇時差不多，看起來焦躁不安，應該還在為那個練習生的事心神不寧吧。然而，我在允娜的眼中卻有了變化。

「孫丹美，妳看起來變得不一樣了！上次見面時，感覺我們的表情很像，但今天的妳卻容光煥發。」

「是嗎？」我撫著臉頰問。

「嗯，妳像是已經走出了迷宮，而我還在迷宮裡打轉。」允娜悶悶不樂的回應。

我稍微想了想，這麼回答她：

「是呀，我之前也覺得自己陷在迷宮裡頭，也許困擾我們的迷宮是一樣的。經歷過一些挫折，我才終於發現，原來出口就在離自己不遠的地方。」

「在哪裡呀？」

允娜好奇的環顧四周。

「試著重新定義妳心裡的那股感受吧！」

思考許久的允娜雙手環抱在胸前，流露出沮喪的神情。

「我完全聽不懂妳在講什麼……」

可是，我一時也沒辦法把自己從紅色尾巴身上領悟到的經驗詳細說給允娜聽。

「妳因為那個練習生而感到忿忿不平，不想輸給她，會這麼想不就是因為妳希望自己能表現得更好、更進步嗎？」

「或許吧……」

允娜用微弱的聲音說。

「所以，不要想太多，白允娜是獨一而二、無人能取代的呀！」

聽完我的話，允娜的眼神瞬間轉變了，她雙手緊握拳頭說：

「好！我現在該去練習了，再見！」

說完這句話，允娜率先起步走過斑馬線，一邊走一邊舒展筋骨。看著她蓄勢待發的背影，我稍稍鬆了口氣。

我感覺背部深處有一陣強勁的漩渦，如今還是很難想像，我的身體裡竟然潛藏著四條尾巴。

希望當我遇見下一條尾巴的時候，我能夠更加從容自信的面對，畢竟還有五條變化莫測的未知尾巴正等待著我！願未來的我能順利達成這個願望。

丹美的信

大家好，好久沒有跟你們打招呼了，如果你已經是第二次閱讀我的信，想必你應該已經看過《威風凜凜的狐狸尾巴》前三集了吧！很開心能夠再次寫信給大家。相信你也知道，我在四年級的時候和朋友們經歷了很多事情，所以，我以為升上五年級之後，一切都會變得沒那麼難，

等待其他尾巴出現的同時，也幻想自己能成為一隻厲害的九尾狐。

然而，發生一些完全出乎我意料的事情！這次出現的尾巴力量太強大了，一開始的確有為我帶來一些幫助，但是後來我卻希望她趕快消失。說真的，紅色尾巴非比尋常，甚至讓我對自己身為九尾狐這件事感到不滿與厭惡！

可是，你知道嗎？讓紅色尾巴的火焰熊熊燃燒的始作俑者，其實不是紅色狐狸，而是我！

你是否也曾有過這樣的感受？對某人懷著厭惡、嫉妒之情，所以無論如何都不想輸。如果你曾經因為這些感受而覺得難過、備受折磨的話，請別擔心！就像我媽媽說的，其實每個人都會有這樣的情緒，就連大人對此也無計可施。但是，如果像我一樣被這些情緒主宰，就會有很嚴重的後果喔！請務必小心。

身為一個過來人，我可以提供一些建議，如果你心中充滿了嫉妒，如果你感到焦躁難耐，解決方法其實比想像中簡單，只要試著改變你著力的方向就行了。

當你對其他人產生了嫉妒心，請試著轉變心態，把注意力放回自己身上。一旦你把心力集中在自己身上，努力讓自己變得更好，其他人也會自然而然的認同你，並對你抱持好感。

對了！我們班不是有一個叫萊兒的轉學生嗎？如果她突然出現在你面前，還說要跟你交朋友的話，請務必要多加小心！雖然我也還不太了解她，但總感覺她有點古怪！

最後，無論你遇到什麼樣的難題，都要相信問題一定會迎刃而解。

因為你就是一個這麼棒的人，就跟我一樣！哈哈哈！

丹美

故事館 016

威風凜凜的狐狸尾巴 4：紅狐的低語

위풍당당 여우 꼬리 4:붉은 여우의 속삭임

作　　者　孫元平
繪　　者　萬物商先生
譯　　者　林謹瓊
語文審訂　張銀盛（臺灣師大國文碩士）
副總編輯　陳鳳如
封面設計　李京蓉
內頁排版　連紫吟・曹任華

出版發行　采實文化事業股份有限公司
童書行銷　蔡雨庭・張敏莉・張詠涓
業務發行　張世明・林踏欣・林坤蓉・王貞玉
國際版權　劉靜茹
印務採購　曾玉霞
會計行政　許俽瑀・李韶婉・張婕莛
法律顧問　第一國際法律事務所　余淑杏律師
電子信箱　acme@acmebook.com.tw
采實官網　www.acmestore.com.tw
采實文化粉絲團　www.facebook.com/acmebook01
采實童書FB　www.facebook.com/acmestory/

ISBN　978-626-349-796-2
定　　價　350 元
初版一刷　2024 年 10 月
劃撥帳號　50148859
劃撥戶名　采實文化事業股份有限公司
104台北市中山區南京東路二段95號9樓
電話：(02)2511-9798　傳真：(02)2571-3298

線上讀者回函

立即掃描 QR Code 或輸入下方網址，連結采實文化線上讀者回函，未來會不定期寄送書訊、活動消息，並有機會免費參加抽獎活動。
https://bit.ly/37oKZEa

國家圖書館出版品預行編目資料

威風凜凜的狐狸尾巴 . 4, 紅狐的低語 / 孫元平作 ; 萬物商先生繪 ; 林謹瓊譯 . -- 初版 . -- 臺北市 : 采實文化事業股份有限公司, 2024.10
192 面 ;14.8×21 公分 . -- (故事館 ; 16)
譯自 : 위풍당당 여우 꼬리 . 4, 붉은 여우의 속삭임
ISBN 978-626-349-796-2(平裝)
862.596　　113012052